ANGLAIS ET FRANÇAIS,

COMÉDIE A-PROPOS,

EN UN ACTE, EN PROSE;

PAR MM. BAYARD ET GUSTAVE DE WAILLY,

REPRÉSENTÉE POUR LA PREMIÈRE FOIS A PARIS, A LA SALLE FAVART,
PAR LES COMÉDIENS RÉUNIS DU THÉATRE-ROYAL DE L'ODÉON ET DU
THÉATRE ANGLAIS, LE 22 OCTOBRE 1827.

••••••••••••••••••••••
PRIX : 2 FR.
•••••••••••••••••••••

PARIS.

CHEZ J.-N. BARBA, ÉDITEUR,

COUR DES FONTAINES, N° 7;

ET AU GRAND MAGASIN DE PIÈCES DE THÉATRE,

PALAIS-ROYAL, DERRIÈRE LE THÉATRE-FRANÇAIS, N° 51.

———

1827.

PERSONNAGES. ACTEURS.

PERSONNAGES.	ACTEURS.
SIR RICHARD, jeune Anglais.	M. ABBOTT.
EUGÈNE VERNEUIL, jeune Français déguisé en Anglais, un peu caricature.	M. DOLIGNY,
DESCHAMPS	M. THÉVARD.
MADAME DE MARILLY.	Mlle ANAÏS.
MADAME DUFOUR.	Mme DORGEBRAY.
UN DOMESTIQUE.	

La scène se passe à Lille, dans un hôtel tenu par madame Dufour.

———————

Nota. Le premier personnage nommé en tête de chaque scène se trouve le premier à la gauche du spectateur, et les autres dans le même ordre.

Imprimerie de E. DUVERGER, rue de Verneuil, n° 4.

ANGLAIS ET FRANÇAIS,

COMÉDIE A-PROPOS EN UN ACTE, EN PROSE.

Le théâtre représente une salle de l'hôtel, une table à droite.

SCENE PREMIERE.

EUGÈNE *seul, baragouinant, à la cantonnade.*

Yes, pressé moi, extrèmement fort beaucoup ; Le déjeûner tout de suite, entendez-vous. (*changeant de ton.*) Enfin je suis seul, respirons un peu ; j'étouffe sous ce maudit costume ; la sotte chose qu'une perruque ! Diable ! passer pour Anglais, quand on ne sait guère, comme Figaro, que le fond de la langue, *goddam !* C'est plus fatigant qu'on ne croit... surtout c'est plus cher ! Ces maudits aubergistes me rançonnent comme un Anglais chargé de guinées, et c'est toujours à la carte que je vois qu'on ne m'a pas réconnu.

SCÈNE II.

EUGÈNE, MADAME DUFOUR, UN DOMESTIQUE.

MADAME DUFOUR.
Pardon, mylord, do vous avoir fait attendre ; que veut mylord ?

EUGÈNE, *baragouinant.*
Mais presque rien du tout, madame ; comme je suis

EUGÈNE, *à part.*

Hein! le neveu de mon oncle! décidément il parait que c'est moi.

MADAME DE MARILLY.

Et qu'a-t-il donc fait, mon cher Deschamps?

DESCHAMPS.

Il veut se marier.

MADAME DE MARILLY.

Ah! c'est pour cela!... c'est donc un mariage...

DESCHAMPS.

Extravagant.

MADAME DE MARILLY.

J'entends!... la jeune personne n'est pas d'une condition qui réponde à la sienne.

DESCHAMPS.

Oh! de ce côté-là, il n'y a rien à dire.

MADAME DE MARILLY.

J'y suis; elle est alors sans fortune.

DESCHAMPS.

De ce côté-là c'est un assez bon parti.

MADAME DE MARILLY.

Alors, c'est donc le caractère...

DESCHAMPS.

Oh! de ce côté-là, on la dit fort douce... d'ailleurs dix-huit ans, de l'esprit, une jolie figure.

MADAME DE MARILLY.

Ah ça, mais qu'est-ce donc?

DESCHAMPS.

Elle est Anglaise.

MADAME DE MARILLY.

Ah!

DESCHAMPS.

Vous sentez toute la colère dont mon vieil ami a dû être saisi en apprenant la passion de son neveu, lui qui a encore dans toute leur force nos vieilles préventions... après avoir épuisé prières, menaces, il a fermé sa bourse au jeune homme pour l'obliger à capituler... eh bien! pas du tout, le jeune homme a fait des dettes, ce qui est fort mal... c'est-à-dire, ce qui est fort bien, puisque sans cela nous ne pourrions l'empêcher de partir.

MADAME DE MARILLY.

Ah mon Dieu! vous le faites poursuivre?

DESCHAMPS.

Non pas... nous le poursuivons nous-mêmes... C'est plus sûr. L'oncle a acheté les créances.

EUGÈNE, *à part.*

Ce cher oncle! il a payé mes dettes!

DESCHAMPS.

Justement on venait d'obtenir une prise de corps contre Eugène... le jeune homme s'appelle Eugène... nous la mettons à exécution... D'après ce qu'on m'écrit, il a dû prendre la route de Lille; je l'attendais au passage, et j'espérais bien l'envoyer sous les verroux mûrir ses projets de mariage... Mais jugez de mon désappointement, lorsqu'à l'arrivée de la voiture, au lieu de trouver mon jeune étourdi, je n'ai vu sortir de la diligence que deux nourrices, deux vieilles femmes, et ce mylord qui faisait l'agréable auprès de vous.

EUGÈNE, *à part.*

Il paraît que j'ai bien fait de prendre les devans.

DESCHAMPS.

Mais c'est égal; je ne me tiens pas pour battu, j'attends ce matin même de nouvelles instructions, et morbleu! je n'épargnerai rien pour le faire arrêter, quand ce ne serait que par esprit national.

EUGÈNE, *s'oubliant.*

C'est ce que nous verrons. (*se reprenant.*) Goddam, la fille, garçon! ils ne m'entendent pas! Le détestable pays que la France!

MADAME DE MARILLY.

Ah! voilà un mylord qui ne me paraît pas très poli; mais en revanche, celui qui a voyagé avec moi a été d'une politesse, d'une prévenance... En vérité il était temps que j'arrivasse; car sa galanterie commençait à m'embarrasser.

DESCHAMPS.

Mon Dieu, Madame, comme vous en parlez... prenez-y garde, je n'ai pas contre vous de prise de corps.

MADAME DE MARILLY.

Plaisantez tant que vous voudrez : vous savez bien que veuve et libre, si jamais je me remarie, ce n'est pas à un étranger que je donnerai la préférence... mais il paraît que mon départ va être retardé... il faut que je m'informe... Adieu, je vous reverrai.

DESCHAMPS.

Mais je l'espère bien... permettez... (*il la reconduit jusqu'au fond du théâtre.*)

SCÈNE IV.

EUGÈNE, DESCHAMPS.

EUGÈNE, *se levant.*

Ils s'en vont! je respire!

DESCHAMPS, *dans le fond.*

Eh! mais... il me vient une idée... si je questionnais cet autre voyageur... peut-être pourrait-il...

EUGÈNE, *à part.*

Ah! mon Dieu! comme il me regarde?

DESCHAMPS.

Pardon, mylord, si je prends la liberté de vous adresser une question... Vous êtes venu, je crois, cette nuit par la voiture de   is?

EUGÈNE.

Yes, sir, yes. (*à part.*) Où veut-il en venir.

DESCHAMPS.

En ce cas, pourriez-vous me dire, si vous n'avez pas

voyagé avec un jeune homme de 25 ans environ, cheveux bruns, taille moyenne, jolie tournure?

EUGÈNE, *à part.*

Par exemple! il s'adresse bien pour avoir des renseignemens!

DESCHAMPS.

Vous n'avez pas remarqué, mylord, un jeune homme tel que celui que je vous dépeins?

EUGÈNE.

Pardonnez, sir, moi ne pas entendre vous; moi comprendre le français langage très difficultueusement.

DESCHAMPS.

Allons! il ne comprend pas, maintenant! Si je savais sa langue encore! (*apercevant sir Richard.*) Ah!

SCÈNE V.

EUGÈNE, SIR RICHARD, DESCHAMPS.

SIR RICHARD, *entrant.*

C'est bien, c'est bien, madame de Marilly will be pleased, I hope.

DESCHAMPS.

Oserais-je, mylord, réclamer de vous un service.

EUGÈNE, *à part.*

Un Anglais! me voilà bien!

SIR RICHARD.

Parlez, monsieur, que voulez-vous?

DESCHAMPS.

Madame de Marilly m'a dit que vous entendiez parfaitement le français; voici un de vos compatriotes, dont je ne peux pas me faire comprendre.

SIR RICHARD, *saluant Eugène.*

Ah!... I am happy to see you.

2

EUGÈNE, *à part.*

Je suis pris !

DESCHAMPS.

Voudriez-vous lui demander de ma part s'il n'a pas voyagé avec un jeune homme.

SIR RICHARD. (*à Eugène.*) Did you travel with a young Frenchman ?

DESCHAMPS, *à Eugène.*

Eh bien ! comprenez-vous à présent ?

EUGÈNE.

Si je comprends... il parle anglais lui... Par exemple, il serait fort que je ne entende pas mon langage. (*à part.*) Ah ! mon Dieu ! comment faire !

SIR RICHARD.

This gentleman wishes to know if you travelled with a young Frenchman?

EUGÈNE.

Yes, sir, yes; what's o'clock; I thank you.

SIR RICHARD, *Étonné.*

Ah !

DESCHAMPS.

Eh bien, mylord, qu'est-ce qu'il dit !

SIR RICHARD.

Parbleu ! je n'en sais rien !

DESCHAMPS.

Comment ! vous n'en savez rien ? Voilà qui est particulier ! vous n'êtes donc pas Anglais?...

EUGÈNE, *à part.*

S'il lui parle encore, je suis perdu. (*haut.*) Goodnight sir, goodnight. (*bas à Richard.*) Ne me trahissez pas. (*haut.*) I am very glad, certainement I understand very well. (*bas.*) Renvoyez-le, vous saurez tout, je suis Français.

SIR RICHARD.

Je ne m'étonne plus !

DESCHAMPS.

Eh bien ?

SIR RICHARD.

Eh bien! monsieur, je ne suis pas plus heureux que vous; mylord, je le vois, est Irlandais.

EUGÈNE.

Yes, yes, c'est cela.

SIR RICHARD.

Et nous parlerions ainsi deux heures sans nous comprendre.

DESCHAMPS.

Que le diable les emporte avec leur maudit baragouin ! S'ils ne s'entendent pas entre eux, comment veulent-ils qu'on les entende. (*il sort en colère.*)

SCÈNE VI.

EUGÈNE, SIR RICHARD

EUGÈNE.

Enfin il est sorti !

SIR RICHARD.

Comment! vous n'êtes pas...

EUGÈNE.

Chut ! non, mylord, non, je suis Français; je me nomme Eugène Verneuil, je passe en Angleterre; mais on veut m'arrêter.

SIR RICHARD.

Vous êtes un agent de change ?

EUGÈNE.

Non, mylord, je suis un amant, voilà tout ; j'aime une anglaise charmante, on m'accorde sa main, et je vais l'épouser en dépit de deux ou trois de mes parens, qui ne trouvent pas d'autre moyen de m'empêcher de partir

que de me poursuivre pour des dettes qu'ils ont achetées
après m'avoir mis dans l'impossibilité de les payer.

SIR RICHARD.

Je comprends, je comprends, et c'est pour échapper...

EUGÈNE.

Oui, c'est pour échapper à leurs poursuites que j'ai
pris ce déguisement, et que partout sur la route je me
fais passer pour Anglais.

SIR RICHARD.

Anglais! Non, non, ce n'est pas cela, il y a bien à
Londres des caricatures comme à Paris, oh! beaucoup,
mais les jeunes gentlemen ne sont pas ridicules du tout,
du tout...

EUGÈNE.

Ah! mon Dieu, est-ce qu'on me reconnaîtrait?

SIR RICHARD.

Non pas en France.... Les théâtres montrent tous les
Anglais en mylords gourmands; de même les Français à
Covent-Garden, à Drury-Lane, sont tous des fats, des pe-
tits-maîtres, quoiqu'on n'en voie plus ou presque plus à
Paris.... seulement, pour charger tout-à-fait, vous au-
riez dû barbouiller votre figure comme un gros *Goddam*
qui boit beaucoup, beaucoup.

EUGÈNE.

Ma foi, si je ne suis pas plus rouge ce n'est pas ma
faute; pour mieux jouer mon rôle tout le long de la
route je fais des repas qui me tuent, je bois et je mange
comme l'Anglais le mieux conditionné.

SIR RICHARD.

Mais pour être un véritable Anglais il fallait prendre la
tournure d'un fashionable de Londres, comme cela, tenez... ou d'un gros marchand de la cité qui ne boit que
de la bière par patriotisme.

EUGÈNE.

Oh! ma foi, j'aime encore mieux boire du vin. Heureu-
sement je touche au terme de mon voyage.

RICHARD.

Vous allez vous marier en Angleterre? c'est bien; vous ne détestez pas les Anglais, vous!

EUGÈNE.

Moi, mylord, non sans doute, détester les Anglais! ah! croyez que chez nous on pense plus noblement; les préventions perdent tous les jours de leur force : ces préjugés d'un autre âge, ces idées rétrécies qui nous divisaient ont fait place à une généreuse émulation, nous travaillons au bonheur de notre patrie comme vous travaillez au bonheur de la vôtre. L'industrie peut enrichir la France et l'Angleterre; et le commerce, les arts et la liberté en étouffant tous les vieux germes de discorde, doivent unir enfin deux grands peuples qui s'estiment et qui sont dignes de s'aimer.

SIR RICHARD.

Bien! très bien! moi je pense aussi comme vous, et bientôt nous penserons tous de même.

EUGÈNE.

Déjà le génie des deux nations a franchi le détroit.

SIR RICHARD.

Nous devons à un Français le pont sous la Tamise, oh! c'est magnifique.

EUGÈNE.

J'ai admiré aux portes de Paris l'industrie anglaise.

SIR RICHARD.

On applaudit Voltaire à Drury-Lane.

EUGÈNE.

Et Shakespeare à Favart.

SIR RICHARD, *gaîment*.

Et vous, jeune Français, vous allez prendre une femme en Angleterre.

EUGÈNE.

Certainement, elle est aussi jolie qu'une Française.

SIR RICHARD.

Comme moi, la jeune dame que j'aime est aussi jolie
qu'une Anglaise.

EUGÈNE.

Quoi! mylord, vous êtes amoureux?

SIR RICHARD.

Oui, beaucoup, je crois... une compagne de voyage
jolie... Oh! bien jolie... Moi j'étais depuis Paris en face
d'elle... je la regardais toujours, et je ne sais comment
cela s'est fait, mais quand je suis arrivé, j'avais le cœur
pris, oh! tout-à-fait.

EUGÈNE.

Comment, mylord, vous l'aimez... C'est charmant...
Mais vous êtes-vous expliqué?

SIR RICHARD.

Oh! non, presque pas, je n'ai pas pu.

EUGÈNE.

Mais vous parlez français presque aussi bien que moi.

SIR RICHARD, *riant.*

Oui? n'est-ce pas! c'est une Française, qui me l'a montré,
elle était jolie et je l'ai appris très vite : voyez-vous, lorsqu'une dame est bonne, aimable avec moi, je parle bien,
les mots viennent toujours, je n'ai presque plus d'accent;
mais si elle ne veut pas m'écouter, si elle se fâche, oh!
alors je n'y suis plus, je m'embarrasse et je ne sais plus
que de l'anglais.

EUGÈNE.

Je conçois, et il paraît que mon aimable compatriote
vous intimide un peu.

SIR RICHARD.

Oui, elle a des préventions, je crois, mais je la verrai...
j'aurai plus de courage, (*montrant l'appartement à
droite.*) elle est ici...

EUGÈNE.

Je vous laisse, mylord, vous savez mon secret, vous ne
me trahirez pas...

SIR RICHARD.

Au contraire, je veux vous servir de tout mon cœur et je compte sur votre amitié; nous pensons de même tous les deux, nous sommes tous les deux amoureux, unissons-nous, donnez-moi la main, M. Eugène.

EUGÈNE.

De tout mon cœur, mon cher... comment vous nommez-vous?

SIR RICHARD.

Sir Richard.

EUGÈNE.

Eh bien! mon cher sir Richard, vous m'aiderez à tromper mes ennemis, et je ferai des vœux pour que vous plaisiez à la jeune Française; pour le moment c'est tout ce que je peux vous offrir.   (*Il sort.*)

SCENE VII.

SIR RICHARD, *seul.*

Poor fellow, I hope he will elude their vigilance! But this delightful madame de Marilly engrosses all my thoughts; I must endeavour to get rid of this mauvaise honte while I converse with her.

SCENE VIII.

MADAME DE MARILLY, SIR RICHARD.

MADAME DE MARILLY.

Ah! mylord, combien je suis touchée de tout ce que vous avez fait pour moi.

SIR RICHARD.

Comment donc, madame?

MADAME DE MARILLY.

Vous apprenez que la voiture sur laquelle je comptais

pour continuer ma route, ne peut m'être donnée avant deux jours, vous voyez mon embarras, et vous levez les obstacles qui s'opposaient à mon voyage.

SIR RICHARD.

Madame, j'ai su que je pourrais vous rendre contente, et j'ai été trop heureux. (*à part.*) Les mots me viennent bien.

MADAME DE MARILLY.

M'obliger ainsi ! et sans m'avoir prévenue.

SIR RICHARD.

Je n'étais pas sûr de réussir.

MADAME DE MARILLY.

C'est une délicatesse...

SIR RICHARD.

Toute naturelle, madame. (*à part.*) Si j'osais !

MADAME DE MARILLY.

Recevez de grace mes remercîmens.

SIR RICHARD.

Oui, madame, je les reçois, votre contentement est tout ce que je voulais, car si j'avais consulté mon intérêt particulier, j'y aurais mis moins d'empressement sans doute.

MADAME DE MARILLY.

Votre intérêt ! vous vous seriez privé pour moi...

SIR RICHARD.

Non madame, non, mais vous allez partir, et moi je ne serai plus près de vous...

MADAME DE MARILLY.

Ah ! n'est-ce que cela, mylord ?

SIR RICHARD, *vivement.*

C'est beaucoup ! il m'était si agréable de vous voir, de vous écouter toujours, et je vous perds lorsque l'amour le plus tendre....

MADAME DE MARILLY.

Que dites-vous, mylord ?

SIR RICHARD, *intimidé.*

Ah ! madame, je n'ai pas voulu vous offenser.

MADAME DE MARILLY.

Je le crois.

SIR RICHARD.

Mais pourquoi repousser l'aveu d'un amour... (*mouvement de madame de Marilly*). Non, madame, non...Je veux dire d'un sentiment qui... (*à part.*) O Dieu!

MADAME DE MARILLY.

Mylord, je suis venue vous remercier, je me retire.

SIR RICHARD, *s'embarrassant de plus en plus.*

De grace, madame, n'éloignez pas... ne vous éloignez pas... permettez que j'exprime à vous le... Le respect infiniment... beaucoup... Je voulais... je...

MADAME DE MARILLY.

Remettez-vous, mylord, ce trouble...

SIR RICHARD.

Yes... non pas yes... oui... I am lost.... Vous me pardonnez, madame, n'est-ce pas?...

MADAME DE MARILLY.

Moi! oui sans doute; je ne veux voir dans tout cela qu'une politesse exagérée.

SIR RICHARD, *vivement.*

Non, madame, non je vous aime véritablement. la tendresse la plus vive...

MADAME DE MARILLY.

Alors je ne puis en entendre davantage.

SIR RICHARD.

Ah! j'espérais...

MADAME DE MARILLY, *s'éloignant.*

N'insistez pas, je vous prie, ou...

SIR RICHARD, *déconcerté.*

Pardon, madame, c'est moi... Je sors plein d'amour... non, non.., de respect... (*à part.*) Oh! this devil of a tongue, I shall never get on with it. (*haut.*) Pardon, madame... je sors.....

(*Il sort par la gauche.*)

SCÈNE IX.

MADAME DE MARILLY, *seule.*

Eh bien! voilà ce que je craignais... une déclaration! il ne manque pas de grace, il n'est pas mal, raison de plus pour ne pas l'écouter; un Anglais! Je n'ai pas de préventions, mais il y a des convenances. .

SCÈNE X.

MADAME DE MARILLY, DESCHAMPS, MADAME DUFOUR.

DESCHAMPS, *une lettre à la main.*

Oui, oui, celui qui est arrivé avec madame, Sir Richard... qu'il vienne, nous désirons lui parler.

MADAME DUFOUR.

Tout de suite, monsieur.

MADAME DE MARILLY.

Comment... nous!

DESCHAMPS.

Vous ne savez pas, une aventure charmante; je vais vous conter... ah! madame Dufour.

MADAME DUFOUR, *revenant.*

Monsieur?

DESCHAMPS.

S'il faisait quelques préparatifs de départ vous me préviendrez en secret.

MADAME DUFOUR.

Ah! mon Dieu! monsieur, très volontiers.

(Elle sort.)

SCENE XI.

MADAME DE MARILLY, DESCHAMPS.

DESCHAMPS.

Allez vite! je me charge du reste... Sir Richard! le nom n'est pas mal choisi, qu'en dites vous?

MADAME DE MARILLY.

Enfin m'apprendrez vous, mon cher Deschamps, d'où vient le grand intérêt que vous prenez à cet Anglais?

DESCHAMPS.

Oui, Anglais comme vous et moi.

MADAME DE MARILLY.

Plait-il? que dites-vous?

DESCHAMPS.

Eh bien! vous ne comprenez pas? mon étourdi qui va se marier en Angleterre et que je suis chargé d'arrêter au passage...

MADAME DE MARILLY.

Achevez!

DESCHAMPS.

Une lettre de Paris m'annonce qu'il sait tout, et que pour tromper notre surveillance, il se fait passer pour Anglais.

MADAME DE MARILLY.

Ah! je comprends... ce jeune homme... oui, en effet, je le remarquais tout à l'heure, sa gaucherie paraît affectée, par moment sa prononciation plus nette...

DESCHAMPS, *riant*.

Aussi j'ai vu tout de suite qu'il avait quelque chose de singulier; vous n'étiez pas ici quand il s'est trouvé en face de son prétendu compatriote, il avait l'air surpris, déconcerté, ils ne s'entendaient plus. Un Irlandais... parbleu, je le crois bien!

MADAME DE MARILLY.

Il se pourrait! eh bien! tant mieux!

DESCHAMPS.

N'est-ce pas? c'est un garçon charmant, un homme d'esprit... Je vous demande un peu quelle idée! jeune, aimable, bien fait, se marier de l'autre côté du détroit.

MADAME DE MARILLY.

Il est vrai que c'est une folie.

DESCHAMPS.

Oh! nous y mettrons bon ordre, toutes mes mesures sont prises... à moins toutefois que ce que vous me disiez ne soit vrai.

MADAME DE MARILLY.

Moi je vous disais...

DESCHAMPS.

Qu'il avait pour vous des soins bien tendres, bien empressés.

MADAME DE MARILLY.

Oh! des égards, voilà tout.

DESCHAMPS.

Mieux que cela, je le parierais... écoutez donc, quand vous lui feriez oublier quelque Lady, je ne vois rien là que de fort naturel... ce serait un grand service à nous rendre à tous et à lui-même.

MADAME DE MARILLY.

Un service! allons ne plaisantez donc pas ainsi.

DESCHAMPS.

Non, ma parole d'honneur, je ne plaisante pas, et si vous consentiez...

MADAME DE MARILLY.

Mais je ne consens pas du tout...

DESCHAMPS.

Ah! le voici!

SCENE XII.

MADAME DE MARILLY, DESCHAMPS, SIR RICHARD.

SIR RICHARD, *avec empressement.*

Moi! moi! on me demande... ah! madame.

DESCHAMPS.

Sir Richard, je suis enchanté de vous voir.

SIR RICHARD, *se retournant d'un air froid.*

Monsieur, moi aussi, très enchanté! (*vivement, à madame de Marilly.*) il parait que vous voulez parler à moi.

DESCHAMPS, *riant.*

A moi!

MADAME DE MARILLY, *de même.*

Pauvre jeune homme!

SIR RICHARD, *les regardant avec surprise.*

Je ne comprends pas...

DESCHAMPS.

Mais je voulais vous demander des nouvelles d'un jeune Français qui s'échappe de Paris pour aller à Londres.

SIR RICHARD.

O ciel! vous savez... (*à part.*) il est perdu!

MADAME DE MARILLY, *l'observant.*

C'est lui!

DESCHAMPS.

Ah! Voilà déjà que vous prononcez mieux! allons mon cher plus de mystère, vous le voyez, vous êtes reconnu.

SIR RICHARD, *cherchant à comprendre.*

Moi! Oh! moi!

DESCHAMPS, *riant.*

Vous ne comprenez pas, mylord? Non, vous entendez si mal notre langue.

MADAME DE MARILLY.

Vous jouez très bien la comédie.

SIR RICHARD.

Moi! Vous trouvez... Oui, oui je comprends. (*Il rit*).

DESCHAMPS.

Ah! c'est fort heureux! (*Ils rient tous les trois*).

MADAME DE MARILLY.

Me tromper ainsi! depuis Paris vous prenez beaucoup de peine pour me donner le change... Vous me rendez service et vous n'avez pas confiance en moi... Ah! ce n'est pas bien, je ne vous aurais pas trahi.

SIR RICHARD.

Madame...

MADAME DE MARILLY, *souriant.*

Non, ce n'est pas bien.   *Elle sort .*

SCENE XIII.

SIR RICHARD, DESCHAMPS.

DESCHAMPS, *riant.*

Ah! ah! gaillard!... mais je vous tiens, et vous ne m'échapperez pas...

SIR RICHARD.

Moi je ne veux pas m'échapper... jamais... (*à part*.) Monsieur Eugène pourra partir.

DESCHAMPS.

Allons! il ne s'agit plus de me tromper à présent. Savez-vous bien pourquoi je suis ici?...

SIR RICHARD.

Oh! oui! pour arrêter le jeune... (*se reprenant.*) pour m'arrêter.

DESCHAMPS, *riant.*

Yes, mylord ; mais vous m'avez l'air d'un bon enfant ;
touchez là, et entendons nous... Pourquoi diable !
voulez-vous quitter votre pays, votre famille pour aller
épouser une Anglaise, qui, j'en suis sûr.....

SIR RICHARD, *vivement.*

Oh ! de jolies femmes à Londres, à Paris,... l'amour
n'a pas de préjugés... J'ai aimé des Anglaises, j'ai aimé
des Françaises... et c'est toujours la même chose, ma
parole d'honneur !

DESCHAMPS.

Je n'en crois rien... et par exemple, la jeune dame
qui a voyagé avec vous, qui est ici... Madame de Marilly.

SIR RICHARD.

Oh ! madame de Marilly. charmante'

DESCHAMPS.

Parbleu ! vous devez le savoir ! Il paraît que depuis
Paris jusqu'à Lille, vous n'avez eu des yeux que pour
elle... et je gage que vous l'aimeriez...

SIR RICHARD.

Je l'aimerais, oui, beaucoup... je l'aimerais toujours.

DESCHAMPS.

Eh bien ! franchement je crois qu'elle ne vous voit
pas avec indifférence.

SIR RICHARD.

Vraiment ! vous croyez...

DESCHAMPS

Elle est veuve, jeune, riche... Voulez-vous l'épouser ?

SIR RICHARD.

Oh ! oui... je veux infiniment...

DESCHAMPS.

Restez en France, revenez à Paris.

SIR RICHARD.

Je reviens à Paris.

DESCHAMPS.

Et je vous la donne.

SIR RICHARD.

Je la prends... mais vous croyez qu'elle m'aimerait?

DESCHAMPS.

Oui, vous dis-je, soyez tranquille.

SIR RICHARD.

Elle m'avait repoussé toujours.

DESCHAMPS.

Parbleu! je crois bien! mais du moment qu'elle sait qui vous êtes, elle vous écoutera.

SIR RICHARD.

Ah! elle m'écoutera.

DESCHAMPS.

Eh oui! mais encore une fois, mettez-vous à votre aise avec nous... ne craignez plus rien, nous voilà d'accord, ne vous donnez pas tant de peine pour estropier votre langue.

SIR RICHARD.

Non, non, je parlerai bien.

DESCHAMPS.

Laissez là du moins votre accent britannique.

SIR RICHARD.

Oh! pour l'accent! je le garderai toujours un peu... pour des raisons particulières, à moi.

DESCHAMPS.

Ah! si vous y mettez de l'obstination... mais je vous préviens que je vais prendre mes précautions... vous retournerez à Paris, ou je vous fais arrêter... je ne connais que ça, moi.

SIR RICHARD.

Yes, sir.

DESCHAMPS.

Yes! tenez, mon cher, vous n'y mettez pas assez d'adresse... depuis que je vous vois, je n'ai pas encore entendu un seul goddam!...

SCENE XIV.

LES MÊMES, EUGÈNE.

EUGÈNE, *à la cantonnade.*

Goddam! madame.... être pressé moi.... entendez-vous....

DESCHAMPS.

Eh! tenez! à la bonne heure! en voici un : il n'y a pas à s'y tromper.

EUGÈNE, *à part.*

Allons! encore ici!

SIR RICHARD, *riant.*

Un mylord... un gros mylord lui, vous avez raison.

EUGÈNE.

Sir, le voiture être prête pour le.... pour le parlement.

SIR RICHARD.

Yes, sir.

DESCHAMPS.

Hein! c'est cela! pour le parlement.... voilà comme ils parlent tous.... (*à Eugène.*) Je suis bien fâché, my-lord; il paraît que vous attendiez monsieur pour faire route avec lui.... mais il ne partira pas.... il ne peut pas partir. (*à sir Richard.*) Ainsi madame de Marilly, en France... ou... vous savez... mais voyez donc.... voyez donc....voilà le costume, la tournure.... c'est cela! c'est bien cela! (*il sort en riant.*)

SCENE XV.

SIR RICHARD, EUGÈNE.

EUGÈNE.

Il paraît que vous êtes très bien ensemble.

SIR RICHARD, *très gaîment.*

Très bien !... il veut me faire aller en prison.

EUGÈNE.

Comment ! en prison ! il veut donc arrêter tout le monde, cet homme-là.

SIR RICHARD.

Non pas vous, mais moi... oh ! je suis content, très content !

EUGÈNE.

Ah ça ! il a perdu la tête !

SIR RICHARD.

M. Deschamps a découvert votre stratagème.

EUGÈNE.

O ciel !

SIR RICHARD.

Non, ne craignez rien.... c'est moi qu'il a pris pour l'amoureux de la jeune lady.... Vous êtes toujours Anglais, moi, je suis Français : madame de Marilly va m'aimer... oh ! oui, j'espère... je reste en France... vous, vite ! vite ! partez pour l'Angleterre.

EUGÈNE.

Ah ! mylord ! comment reconnaître tant d'amitié !

SIR RICHARD.

En m'aimant toujours, beaucoup ! Je suis heureux, vous êtes heureux, nous sommes quittes.... Tenez, embrassons-nous.

EUGÈNE.

De tout mon cœur... Ma foi ! si mon départ enlève un mari à nos jeunes Françaises, je laisse du moins en France un brave garçon qui prendra ma place.

SIR RICHARD.

Adieu ! adieu !

EUGÈNE.

Farewell, farewell ! (*il sort.*)

SCENE XVI.

SIR RICHARD, *seul.*

Oh ! I am the happiest fellow in the world; he will
escape, and I shall again behold this charming creature.

SCENE XVII.

SIR RICHARD, MADAME DE MARILLY.

MADAME DE MARILLY, *à la cantonade.*
Eh ! non, de grace, ne précipitez rien.

SIR RICHARD.
Ah ! c'est elle !

MADAME DE MARILLY.
M. Eugène ! M. Eugène !

SIR RICHARD.
Me voici, madame.

MADAME DE MARILLY.
De grace, si vous voulez partir, hâtez-vous; vous n'a-
vez pas de temps à perdre.... Vous me voyez toute trem-
blante.... M. Deschamps vient d'apprendre que tandis
que vous lui permettiez de rester en France, on faisait
tout préparer pour votre départ.... Il place des gens près
de la voiture, aux portes de l'hôtel, partout.

SIR RICHARD, *à part.*
Ah ! pourvu que M. Eugène....

MADAME DE MARILLY.
Cherchez quelque moyen de vous échapper.... j'avais
promis de me taire.... mais votre situation me fait de la
peine.

SIR RICHARD.
Ah ! madame, tant de bonté...

MADAME DE MARILLY.

Vous voulez passer en Angleterre, vous y marier...
c'est peut-être une folie; mais enfin....

SIR RICHARD.

Non, madame, non, je reste.

MADAME DE MARILLY.

Vous voyez qu'il s'agit de votre liberté.

SIR RICHARD.

Et si je me trouve bien ici?

MADAME DE MARILLY.

Vous?

SIR RICHARD.

Oui, madame; en quittant Paris je me croyais bien
décidé, mais auprès de vous j'ai senti quelques regrets à
sortir de France.... Croyez-vous que ce voyage ne m'ait
pas fait changer d'avis?

MADAME DE MARILLY.

L'amour qui vous conduisait à Londres se serait éteint
bien subitement.

SIR RICHARD.

Et si mon cœur était libre, si dès que je vous ai vue...

MADAME DE MARILLY.

Ah! une déclaration! je vous préviens que je n'en
croirai pas un mot.... on dirait que vous avez aussi intérêt à me tromper : cet air étranger, cette prononciation
affectée....

SIR RICHARD.

Ne faites pas attention... c'est un reste d'habitude... il
y a si long-temps que je fais l'Anglais!... mais je vous
parle avec franchise.... et mon trouble aurait dû vous le
dire. Tout à l'heure encore j'étais embarrassé... les mots
ne répondaient plus à mes idées; je voulais parler, et je
restais muet....

MADAME DE MARILLY.

Je vois que la parole vous est revenue....

SIR RICHARD.

C'est que vous m'accueillez avec plus de bonté.

MADAME DE MARILLY.

C'est que vous n'êtes plus Anglais.

SIR RICHARD.

Ah ! voilà des préventions qui ne sont pas justes ; vous avez l'esprit national, et moi aussi…. mais l'amour, comme les arts, ne doit-il pas rapprocher tout ce que les préjugés ont séparé trop long-temps ?.. et parce que je suis… c'est-à-dire, parce que j'étais Anglais, deviez-vous me traiter avec tant de rigueur ? Il me semble que dans quelque pays que le ciel m'eût fait naître, j'aurais toujours éprouvé près de vous je ne sais quelle émotion…. sympathique… Je vous aurais toujours aimée… comme je vous aime à présent.

MADAME DE MARILLY.

Ah ! voilà une leçon de tolérance qui finit d'une plaisante manière.

SIR RICHARD.

Ne pensez-vous pas comme moi ?

MADAME DE MARILLY.

Tenez, vous avez beau dire, j'ai des préjugés, si vous voulez ; mais je crois qu'un Anglais sera toujours moins aimable….

SIR RICHARD.

Qu'un Français ?

MADAME DE MARILLY.

Oui.

SIR RICHARD.

C'est-à-dire que je vous le parais un peu plus que tout à l'heure.

MADAME DE MARILLY.

Ah ! cela, c'est vrai.

SIR RICHARD.

Que l'aveu de mon amour vous déplairait moins

MADAME DE MARILLY.

Je ne dis pas...

SIR RICHARD.

Oh! dites, dites toujours... laissez-moi lire dans vos yeux que je ne vous déplais pas... et pourtant si je n'étais pas celui que vous croyez, si M. Eugène était loin d'ici...

MADAME DE MARILLY.

Comment?

SIR RICHARD.

Si j'étais toujours Anglais?

MADAME DE MARILLY, *vivement.*

Vous! il se pourrait...

SIR RICHARD, *de même.*

Oh! non... non... rassurez-vous... je suis Français, moi, je suis tout ce que vous voudrez... Eh! qu'importe mon pays!... j'ai un nom honorable, une belle fortune... je suis libre... je vous aime, et pour nous deux l'Angleterre et la France ne feraient plus qu'une patrie... Répondez-moi... oh! répondez-moi.

SCENE XVIII.

SIR RICHARD, MADAME DE MARILLY, DESCHAMPS.

DESCHAMPS, *à la cantonnade.*

Par ici, messieurs; attendez-moi.

MADAME DE MARILLY.

Grand Dieu! les voici!

DESCHAMPS.

Ah! jeune homme! vous espériez me tromper, vous échapper en abusant de ma complaisance; mais ces messieurs...

MADAME DE MARILLY.

Ah! de grâce, mon cher Deschamps, puisque monsieur

ne veut plus passer en Angleterrs, puisqu'il reste en France, qu'il me demande ma main...

SIR RICHARD, *vivement.*

Vous ne me la refusez pas?

MADAME DE MARILLY.

Je ne vous presse plus de partir.

DESCHAMPS.

Laissez donc! on ne m'y prend pas deux fois.

MADAME DE MARILLY.

Mais cependant...

SIR RICHARD.

Rassurez-vous, Madame, je suis trop heureux pour consentir à m'éloigner; (*passant entre eux.*) oui, Monsieur, je reste en France; et pour vous prouver que je ne vous trompe pas, tenez, prenez, (*il lui remet un portefeuille.*) ne poursuivez plus personne... Il me reste à vous remercier de ces poursuites obstinées qui ont trompé madame, en me faisant passer pour Eugène Verneuil, lorsque je n'étais toujours que sir Richard.

MADAME DE MARILLY.

Décidément vous êtes donc?..

SIR RICHARD.

Yes, Madame.

DESCHAMPS.

Ah ça! qu'est-ce que cela veut dire?

SCENE XVIII ET DERNIÈRE.

LES MÊMES, EUGÈNE.

EUGÈNE, *entrant brusquement.*

Non, non, c'est fini, je ne pars pas, je reste.

SIR RICHARD.

Ah! mon Dieu! le Français.

DESCHAMPS.

Eh bien ! il ne parle plus anglais, celui-là.

SIR RICHARD.

Quoi ! vous n'êtes pas parti?

EUGÈNE.

Non, mylord, non: au moment de monter dans la voiture, il a fallu exhiber mon passeport. J'étais entre des huissiers et des gendarmes, j'ai vu que j'étais pris, et ma foi! en désespoir de cause, je reviens à Monsieur, qui sera, je l'espère, plus traitable.

DESCHAMPS.

Ah! permettez, ceci change tout, et je rends à mylord...

SIR RICHARD.

Et moi, je ne reprends rien.

EUGÈNE.

Comment! vous aviez... eh bien! mon ami, j'accepte, c'est un prêt qui vous sera remboursé à Londres.

SIR RICHARD.

Non... à Paris, puisque Madame y consent... tenez, M. Deschamps, ne soyez pas aussi sévère... on peut épouser une Anglaise sans cesser d'être bon Français, laissez partir M. Eugène.

DESCHAMPS.

Parbleu! je ne peux pas faire autrement... Allons, je voulais empêcher un mariage, en voilà deux.

SIR RICHARD.

Quant à moi, je trouve le bonheur parmi vous, et j'y reste!.. Des deux côtés, mon cher Eugène, une hospitalité délicate adoucira pour vous, comme pour moi, le souvenir de la patrie absente; comme moi sans doute, vous sentirez au fond du cœur que les enfans de la France et ceux de l'Angleterre peuvent rester toujours rivaux, sans cesser d'être amis.

FIN.

Il y aurait peu de modestie de notre part à dire que nous n'attachons point d'importance à cette petite pièce; le succès qu'elle a obtenu lui en donne beaucoup à nos yeux. Toutefois, nous reconnaissons avec plaisir que les acteurs peuvent réclamer une bonne partie de ce succès. M. Abbott s'est glorieusement tiré d'une épreuve délicate : en changeant d'idiome, il n'a perdu aucun de ses avantages; les difficultés qu'il avait à vaincre ont fait encore ressortir cette intelligence parfaite, ce jeu plein de naturel et de grace, et cet excellent ton de comédie auxquels le public se plait à rendre justice. Les artistes de l'Odéon, dont le zèle et le talent sont depuis long-temps appréciés, en ont donné une nouvelle preuve dans cette circonstance, et, placés près de l'artiste anglais, ils ont dignement soutenu l'honneur de notre pavillon.

On trouve chez le même éditeur :

AMOUR ET INTRIGUE, drame en cinq actes et en vers, par M. Gustave de Wailly.

ROMAN A VENDRE, comédie en trois actes et en vers, précédée d'un prologue, par M. Bayard.

LE MORT DANS L'EMBARRAS, comédie en trois actes et en vers, par MM. Gustave de Wailly et Léon.

GUILLAUME ET MARIANNE, drame en un acte, en prose, par M. Bayard,

MOLIÈRE AU THÉÂTRE, comédie en un acte, en vers, par MM. Bayard et Romieu.

L'ONCLE PHILIBERT, comédie en un acte et en prose, par MM. Bayard et Gustave de Wailly.

LA FOLLE, comédie en trois actes et en prose, par M. Gustave de Wailly.

LIVRES NOUVEAUX
ET NOUVELLES PIÈCES

Qui se trouvent chez BARBA, éditeur, Cour des Fontaines, n° 7, et derrière le Théâtre-Français.

ART POÉTIQUE DES DEMOISELLES ET DES JEUNES GENS (L'), ou Lettres à Isaure sur la poésie, par Emmanuel Dupaty, 1 gros vol. in-12; fig. 2ᵉ édit. Prix : 3 fr. au lieu de 5 fr.

CODE DES GENS HONNÊTES, ou l'Art de se mettre en garde contre les fripons, 2ᵉ édit. 1 vol. in-12. Prix : 2 fr. au lieu de 4 fr.

CUISINIER ROYAL (LE), ou l'Art de faire la Cuisine et la Pâtisserie, orné de neuf planches pour le service des tables depuis 12 jusqu'a 150 couverts, par MM. Viart et Fouret, hommes de bouche. 12ᵉ édit., suivie d'une notice sur les vins, par M. Pierhugue. 5 fr., au lieu de 7 fr. 50 c.

DICTIONNAIRE DE JARDINAGE, contenant les noms des plantes potagères, arbres fruitiers, arbrisseaux et plantes d'agrément les plus connues. Tout ce qu'il est indispensable de connaître pour les cultiver avec succès, etc. etc., 2ᵉ édition, avec les tableaux synoptiques indiquant, par mois, les travaux du Jardinier, les semis, les plantations, la floraison, la maturité, la récolte des grains et le temps de leur conservation, etc., par M. Petit, receveur des domaines, membre de la société d'agriculture du département des Ardennes; 1 fort vol. in-12. 2 fr. au lieu de 4 fr.

EUGÈNE ET GUILLAUME, leurs aventures, écrites par Eugène, et publiées par L.-B. Picard, de l'Institut (Académie Française); 3ᵉ édit., 6 vol. in-12. 9 fr.

HISTOIRE DE FRANCE, abrégée, critique et philosophique, à l'usage des gens du monde, par Pigault-Lebrun; avec cette épigraphe :

« LA VÉRITÉ, TOUTE LA VÉRITÉ, RIEN QUE LA VÉRITÉ. »

Toute la pensée de l'auteur est dans son épigraphe: son ouvrage se fait remarquer par une impartialité que l'on chercherait en vain dans nos historiens, qui ont presque tous écrit sous l'influence de leurs passions ou de leurs intérêts. A ce mérite bien rare et bien précieux, se joint celui d'une érudition vaste et consciencieuse, 9 vol. in-8°, de plus de 500 pages. Prix : 5 fr. le vol. pour ceux qui souscrivent avant le 15 mars prochain.

7 vol. ont déjà paru; les deux derniers paraîtront l'année prochaine.

MANUEL ET RÉPERTOIRE DRAMATIQUE, par Colson, contenant le titre des pièces, le nom des auteurs, la date des représentations, la durée de l'exécution, la longueur de chaque rôle, les costumes et les accessoires qu'il faut pour jouer chaque pièce, 6 vol. in-8°. 15 fr.

NOUVEAU SAVANT DE SOCIÉTÉ; 4ᵉ édit. in-12, fig. et planches. 6 fr. au lieu de 12 fr.

Le premier vol. contient: jeux de sociétés, gages et pénitences; — le 2ᵉ, tours d'adresse et de cartes; — le 3ᵉ, choix de chansons, énigmes, charades, etc.; — le 4ᵉ, jeux de billard, wisth, boston, bouillotte, piquet, comète, reversis, impériale, mouche, ambigu; commerce, etc., etc.

Chaque volume se vend séparément 2 fr.

ŒUVRES COMPLÈTES DE M. ALEXANDRE DUVAL, de l'Institut (Académie Française); 9 gros volumes in-8, imprimés par Firmin Didot, sur beau papier satiné, avec le portrait de l'auteur, gravé par Tardieu, d'après Boilly; 2ᵉ édition. 36 fr. au lieu de 63 fr.

OEUVRES COMPLÈTES DE M. L.-B. PICARD, de l'Institut (Académie Française); 10 vol. in-8°, imprimés par Firmin Didot, sur beau papier satiné, portrait de l'auteur d'après Boilly ; 2° édition

15 fr. au lieu de 70 fr.

OEUVRES COMPLÈTES DE PIGAULT-LEBRUN; 20 vol. in 8° de 600 pages, imprimés par Firmin Didot, sur papier superfin satiné, avec le portrait de l'auteur, gravé par Bretonnier, d'après Boilly. Chaque volume in-8° contient 4 volumes in-12. 100 fr. au lieu de 160 fr.

Il ne me reste plus qu'un petit nombre de cette édition

PROMENADE DE DIEPPE AUX MONTAGNES D'ÉCOSSE, par Charles Nodier. Un beau volume in-12, imprimé sur papier superfin; figures coloriées et cartes d'Écosse. 4 fr. au lieu de 7 fr.

ANGLAIS ET FRANÇAIS, comédie nouvelle. 1 5c

AMI (L') BONTEMPS, comédie-vaudeville, de Théaulon. 1 fr. 50 c.

ATHÈNES ou les Grecs d'aujourd'hui, tragédie en trois actes, représentée à Londres. 1 fr. 25 c.

BON PÈRE (LE), comédie en un acte, de Florian, en vaudeville. 1 fr. 50

DEUX HÉRITAGES (LES), ou Encore un Normand, comédie-vaudeville en un acte, de Désaugiers. 1 fr. 50c.

HUSSARD DE FELSHEIM (LE), comédie-vaudeville en trois actes, tirée du roman de M. Pigault-Lebrun. 2 fr.

JOVIAL (M.), ou l'Huissier-Chansonnier, comédie-vaudeville en deux actes ; nouvelle édition, conforme à la représentation. 1 fr. 50c.

LAITIÈRE DE MONTFERMEIL (LA), vaudeville en cinq années. 2 fr. 50 c.

LOUIS XI A PÉRONNE, comédie historique en cinq actes et en prose, par Mely-Janin. 4 fr.

MARI DE TOUTES LES FEMMES (LE), comédie-vaud. en un acte. 1 fr. 50c.

PASSIN PERVERTI (LE), ou Quinze ans de Paris, pièce en trois journées. de Théaulon. 2 fr.

PREMIÈRE AFFAIRE (LA), comédie en trois actes et en prose. 3 fr.

RICHE ET PAUVRE, comédie en un acte, de Picard, (de l'Académie) 2 fr

RÔDEUR (LE), ou les Deux Apprentis, mélodrame en trois actes.
1 fr. 50 c.

HÉLOISE ou LA NOUVELLE SOMNAMBULE, comédie-vaudeville en trois actes de Théaulon, représentée sur le théâtre du Vaudeville. 2 fr.

TASSE (LE), drame historique en cinq actes et en prose, de Duval. 4 fr.

TÉLÉGRAPHE (LE), ou le Commissaire général, comédie-vaudeville en deux actes. 2 fr.

TONY, ou Cinq années en deux heures, comédie-vaudeville en deux actes. 2 fr.

TRENTE ANS, ou la Vie d'un Joueur, mélodrame en trois journées. 2 fr.

TROIS QUARTIERS (LES), comédie en trois actes et en prose. 4 fr.

UNE SOIRÉE A LA MODE, comédie-vaudeville. 1 50

VÉTÉRAN (LE), pièce militaire en deux actes. 1 fr. 50c.

Pièces nouvellement réimprimées.

CHATEAU DE MON ONCLE, (LE), vaudeville de Désaugiers; 3° édition, conforme à la représentation. 1 fr. 50 c.

HOMME DE SOIXANTE ANS (L'), comédie-vaudeville; 2° édit. 1 fr. 50 c.

MA TANTE AURORE, opéra en deux actes de Longchamps. 2 fr.

MONSIEUR SANS-GÊNE, 3° édit. 4 fr. 50 c.

VALÉRIE, comédie en trois actes, de Scribe, 4° édit. conforme à la représentation. 2 fr.

SOLLICITEUR (le) de Scribe; 5° édit. 1 fr. 25c